CONCEPTION GRAPHIQUE : L'BB

ISBN 2-203-11736-2

MYSTÈRE

François Guiguet

Le truc de Naïk

illustré par Serge Bloch

ROMANS
casterman
HUIT & PLUS

1

JE VAIS VOUS RACONTER l'histoire de Naïk.

Non. L'histoire du « truc » à Naïk.

Voilà.

Naïk, c'est un copain à moi. C'est même mon meilleur copain.

Il est marrant, Naïk. Il porte toujours des habits trop grands.

Surtout des pulls. On se demande des fois si ce sont vraiment les siens.

Les gens, quand ils le voient, ils disent toujours la même chose :

« C'est malheureux un enfant aussi mal habillé… mais à quoi ils pensent ses parents… » et ci et ça.

Mais lui, il s'en fiche.

D'ailleurs, en général, les autres il s'en fiche. Lui, c'est comme s'il venait d'une autre planète. Comme si notre monde à nous n'était pas suffisant pour l'intéresser.

Il a dix ans Naïk. Et c'est mon copain.

Ce qui m'embête, avec lui, c'est qu'il ne parle pas beaucoup : quand il veut me dire bonjour, il met juste sa main sur ma joue, et puis il regarde ailleurs et c'est fini. Il a les yeux tristes Naïk. Et quand il vous regarde, on dirait qu'il voit à travers vous, plus loin.

C'est sûr qu'il a dû avoir du chagrin, un jour, il y a très longtemps, quand il était tout petit. Mais il a oublié et il n'a gardé de ce temps-là que son regard. C'est maman qui m'a dit ça. Elle est très forte ma maman pour comprendre les enfants qui ont les yeux tristes.
Un jour je vous raconterai l'histoire de ma maman.

Un matin, il est arrivé à l'école avec un pull-over

rouge immense. Son jean aussi était un peu grand, mais c'était moins embêtant parce qu'il avait fait des revers en bas des jambes. Mais le pull, il était vraiment très très grand. Alors il avait remonté les manches jusqu'aux épaules. On aurait dit un joueur de football américain.

C'était super.

Il avait l'air très excité.

Quand il m'a vu, il a couru vers moi en trébuchant un peu à cause de ses lacets de baskets qui n'étaient pas attachés.

Et puis il a posé sa main sur ma joue.
Il n'y a que lui qui ait le droit de me faire ça. Parce que Naïk c'est vraiment mon meilleur copain. Mais je l'ai déjà dit.
Et puis, il m'a tiré par le bras, vers le coin de la cour, derrière les cabinets, là où le monsieur qui nettoie range ses balais.
Et lui qui ne parlait jamais, il m'a dit, sans s'arrêter :

— Michaël, j'ai trouvé un truc terrible hier soir. Il faut que tu viennes à six heures !
— C'est quoi comme truc ? je lui ai demandé.
— Tu verras ce soir.

Bon.

Moi je ne suis pas un gars à m'emballer pour un rien. Mais je dois dire que là, ses yeux étaient encore plus grands et plus fous que d'habitude. En plus il avait une allure tellement géniale avec son grand pull rouge que j'ai eu drôlement du mal à attendre jusqu'au soir.

Il a bien fallu pourtant. Parce que de toute la journée il n'a pas ouvert la bouche. Des jours comme ça, c'est pas lui qui ramasse des punitions pour bavardage. Et même quand je lui passais des papiers avec écrit dessus : « Naïk, c'est quoi ton truc ? », lui il me les renvoyait comme s'il avait été en colère. Et il faisait celui qui écoutait le maître. Tu parles.

Alors puisqu'il ne voulait rien me dire j'ai décidé de lui faire la gueule jusqu'au soir.
À la cantine, je me suis assis loin, à côté d'Ophélie. Il fallait que je sois drôlement fâché pour me mettre à côté d'une fille à la cantine ! Surtout à côté d'Ophélie.

Elle a un drôle de prénom Ophélie, mais qu'est-ce qu'elle est belle…
L'ennui avec elle c'est qu'elle ne pense qu'à l'amour. Dès qu'on commence à lui faire des bises, même des toutes petites, pour s'amuser, elle imagine des tas d'histoires, et « Il faut plus que tu sortes avec Jennifer… », et « Pourquoi tu as invité rien que Virginie à ton anniversaire ? »…

C'est l'enfer quoi.

En plus ce jour-là, je n'avais pas du tout l'esprit à l'amour.
J'étais en colère contre Naïk.

L'ennui avec moi c'est que je ne peux pas rester en colère plus d'une heure. Des fois une heure un quart, mais c'est rare. Ce qui fait qu'à partir de la récré je n'étais plus fâché et j'avais encore plus envie de savoir.
Enfin le soir je suis sorti et j'ai couru comme un fou chez moi pour avoir fini mes devoirs pour six heures.

Lui, il reste à l'étude.
Ses parents, à Naïk, ils sont un peu intellectuels. Ils rentrent tard et ils ne s'occupent pas trop de lui.
Moi, mes parents ils me surveillent. Surtout ma mère. Elle est toujours derrière moi. Des fois ça m'énerve.
En tous cas, ce soir-là elle avait rendez-vous chez le dentiste à six heures. Moi, j'avais rendez-vous avec Naïk. Pour le truc.

2

À LA SORTIE, je l'attendais avec mon vélo.

Je l'aime bien mon vélo.

J'ai eu du mal à l'avoir. D'abord il a fallu que je travaille comme une vraie bête à l'école. Et puis après, mon papa voulait m'en acheter un de course avec plein de vitesses et de tout petits pneus très maigres… ridicules. Un vélo pour les vieux, presque.

Le mien il est génial, il est vert fluo, il a une selle avec des ressorts, des pneus avec des crampons et des freins superpuissants.

Un jour, je vous raconterai l'histoire de mon vélo.

On est partis en vitesse. En passant devant chez lui

Naïk a balancé son cartable par la fenêtre de sa chambre qui était ouverte. Il est gonflé Naïk. Moi si je faisais ça…
Sa chambre à lui elle est sublime.

C'est une grande grande pièce au rez-de-chaussée d'un vieil immeuble, et devant sa fenêtre il y a un petit jardin comme si c'était pour lui tout seul.

Mais qu'est-ce que c'est mal rangé chez lui. Il y a des choses dedans, je ne sais même pas d'où elles peuvent venir. Je crois que ses parents voyagent beaucoup et ils lui rapportent des objets de tous les

pays qu'ils traversent. Et lui, après, il arrange ça. Je ne sais pas comment il fait pour s'y retrouver. Même son lit il doit être caché sous des trucs. D'ailleurs je ne sais même pas s'il en a un, de lit. Sa chambre, on dirait une ville.
Un jour je vous raconterai l'histoire de la chambre de Naïk.

Ce soir-là, sur le porte-bagages, il me guidait à travers des rues que je ne reconnaissais même plus tellement c'était loin.
En plus, ça montait drôlement.
À la fin, j'en avais marre, parce que les vélos tout terrain c'est peut-être bien pour tous les terrains, mais pas pour les montées. Surtout à deux.
— Stop, arrête-toi c'est là ! qu'il me dit tout à coup.

C'était un drôle d'endroit : une rue toute petite, avec de chaque côté des murs très hauts, et derrière les murs, plein d'arbres. D'un côté de la rue en pente il y avait des murs tout neufs et de l'autre côté des murs tout vieux.

D'un côté, des arbres tout bien taillés et de l'autre des arbres n'importe comment.
— C'est quoi cet endroit ?
— C'est l'endroit du truc, dit-il tout bas. Viens…

J'ai attaché mon vélo à un panneau de sens interdit et je l'ai suivi.
On a contourné le vieux mur qui partait sur la gauche.

À un endroit il y avait une grande grille toute rouillée, comme une grille de château. Mais elle était très haute, avec des épis de fer très piquants sur les barreaux qui empêchaient de grimper. Parce que de l'autre côté du mur c'était chez quelqu'un d'important, sûrement.

En continuant, la rue redescendait encore sur la gauche. Et là, il y avait une petite porte.
C'était bien qu'il y ait une porte, parce qu'en haut du mur il y avait aussi des épis de fer très piquants.
Et j'ai entendu un jour à la radio qu'un garçon qui escaladait un mur comme celui-là s'était complè-

tement ouvert le ventre. Il était tombé de l'autre côté et il était mort comme ça, tout seul avec le ventre qui saignait.
Moi, j'ai un peu peur quand je saigne.

Naïk d'habitude il n'est pas violent. Mais des fois il est énergique. Là, il a été drôlement énergique pour ouvrir la petite porte en bois, avec un grand coup de pied.

Derrière la porte, il y a avait tout un fouillis d'herbes et de ronces. Il y avait même des lianes, comme dans les films de Tarzan. Quel drôle d'endroit. Il faut au moins être deux pour aller dans un endroit comme ça. Et deux qui sont quand même costauds, pour pouvoir couper les ronces et casser les branches. Naïk et moi ça allait parce que justement on était deux et pas mal costauds aussi.
On a suivi un chemin dans les fourrés où avait été taillé comme un petit tunnel. C'était Naïk qui avait fait ça, la première fois qu'il était venu.
On se suivait de très près pour ne pas se perdre dans cette espèce de jungle.

Et puis, tout à coup, c'était la sortie et devant nous il y avait comme un parc abandonné, avec de grandes herbes qui nous montaient jusqu'à la taille.
Au fond il y avait une vieille maison qui ressemblait à un petit château, tout enfoui sous le lierre.
Naïk s'était arrêté au dernier arbre du petit bois et il regardait autour de lui en remontant ses manches de pull-over.
Il était comme un chasseur qui essaie de surprendre une bête féroce. À part que là il n'y avait pas de bête féroce et qu'on n'était pas non plus des vrais chasseurs.
Soudain il m'a pris le bras et m'a montré du doigt le mur de la maison en me disant tout bas :
— Michaël c'est là, le truc !

3

Il commençait à faire un peu noir et on n'entendait plus du tout les bruits de la ville. C'était comme si on avait tout à coup été transportés très très loin, dans un autre pays.
Avec cette espèce de petite forêt toute sombre derrière et le vieux château abandonné devant, je n'étais pas très rassuré.

C'est bête, pour un explorateur, d'avoir la trouille d'explorer. Mais moi, les aventures je préfère les lire ou les voir à la télé. Pourtant j'avais emporté mon canif plein de lames que mon tonton m'avait donné pour Noël. J'avais même mis mon pantalon kaki, celui qui a au moins dix poches, avec plein de trucs dedans comme les espions. J'avais emporté de la ficelle, des pétards, un tournevis, ma lampe torche, du poison que j'avais fabriqué avec des trucs dégoûtants, des gants en caoutchouc comme les chirurgiens parce que c'est avec ça que les voleurs ouvrent les coffres-forts. Et plein de choses encore.

Dans le mur de la maison, il y avait comme une brèche, un trou, derrière le lierre. Il était tout noir ce trou. C'est normal pour un trou.

— Viens, me dit Naïk, et il se dirigea vers la maison en se baissant pour ne pas se faire repérer. Il est quand même un peu fou Naïk.

Moi aussi, remarquez, quand il est là je sens que je suis un peu fou. Alors que normalement pas tellement.

En marchant, on regardait à droite et à gauche pour voir s'il n'y avait pas quelqu'un. Même derrière des fois. Mais il n'y avait personne.

À ce moment-là j'aurais presque préféré entendre : « Arrêtez-vous, petits vauriens ! Vous voulez que je vous aide avec mon pied au derrière ? »
Ou quelque chose comme ça. Parce qu'on aurait été un peu grondés et puis on serait rentrés chez nous. Mais non. C'était vraiment abandonné.
Derrière le lierre, le mur s'était effondré.
Et derrière le trou, c'était comme une cave.

J'ai allumé ma torche.

Il y avait plein de choses entassées sur une tablette en faïence qui faisait tout le tour de la pièce.

Mon copain commençait à inspecter l'intérieur.

— Arrête, Naïk ! j'ai supplié.

Il s'est retourné et a mis sa main sur ma bouche avec l'air méchant.
Je ne savais pas qu'il pouvait être méchant s'il voulait.
— Regarde, dit-il, c'est ça le truc.

Au milieu de la salle, il y avait une énorme machine avec des roues, des leviers, des manivelles, des tuyaux tordus, des rouages, des poulies et des cadrans ronds comme dans un avion. Mais ça ne devait pas venir d'un avion parce que ça avait l'air très vieux et parce que c'était en cuivre, en bois, en fer et en toiles d'araignée.

On s'est approchés très près pour regarder comment c'était vraiment.

À quoi ça pouvait bien servir cette machine ?

Dans une histoire j'avais lu qu'un savant un peu fou en avait fabriqué une qui servait à remonter le temps. Peut-être que celle-là aussi elle pouvait nous faire retourner dans les époques d'avant. Avant la guerre, avant les Gaulois, ou avant les Pharaons.

À l'époque des dinosaures, peut-être.

Il y a quelque chose d'embêtant avec moi. C'est que je suis curieux. Des fois, quand c'est défendu, j'ai plus envie de regarder que peur de me faire gronder. Et c'est là que les bêtises arrivent.

Là j'avais très envie de toucher aux manettes de la machine, parce que je me disais que toute vieille comme ça elle ne marcherait sûrement plus. Mais ce n'était pas certain. Et si elle ne faisait que dormir, depuis longtemps ? Peut-être qu'elle se réveillerait dès que j'y aurais touché. Et peut-être qu'elle m'enverrait à l'époque des diplodocus et des brontosaures. Avec juste mon canif, j'aurais l'air malin !
Alors j'ai touché à rien.

Avec Naïk, on a fait le tour. Et puis on s'est arrêtés. On s'est arrêtés parce qu'à cet endroit, au bout d'un long, long tuyau, il y avait un entonnoir, et sous l'entonnoir, un tout petit bocal tout couvert de poussière.

Naïk, décidément, il est vraiment un peu fou. Il a pris le bocal et on est sortis pour regarder ce qu'il y avait à l'intérieur, et là, après avoir essuyé le bocal, on a eu une de ces frousses… Parce que dedans, tout recroquevillé, tout sec, il y avait un machin… un truc… horrible, avec deux yeux jaunes qui sortaient et une espèce de bouche molle. Ah ! c'était dégoûtant !

Je n'ai pas pu m'empêcher de crier :

— Naïk, lâche ça, c'est… c'est dégueulasse ! C'est un monstre !

Et lui qui l'avait sorti avec sa main, il m'a regardé tout à coup parce qu'il venait de s'en apercevoir aussi. Alors il a lâché le bocal et le monstre et on a reculé en courant parce qu'on avait peur qu'il ne soit qu'endormi et qu'il nous coure après. Ou bien d'avoir attrapé à cause de lui une maladie inconnue…

Il faisait vraiment noir, et le vent faisait bouger les arbres et les feuilles mortes. On aurait dit qu'il y avait plein de gens méchants autour de nous.

On s'est sauvés en courant comme des fous.

Le soir, ma maman ne comprenait pas pourquoi je ne voulais pas manger mes œufs sur le plat.
— Il n'est pas normal ce gosse, elle disait. Hier il a tout dévoré. Si je ne l'avais pas arrêté, il avalait cuiller et fourchette avec ! Et aujourd'hui, pas moyen de lui en faire prendre une miette !
— T'inquiète donc pas, disait mon papa, c'est sûrement la quantité de cochonneries qu'il mâche toute la journée qui lui coupe l'appétit.

Et moi je ne pouvais pas leur dire que les œufs au plat ça me rappelait les deux yeux jaunes du petit monstre.

4

LE LENDEMAIN à l'école tout était normal. Pour les autres en tout cas.
Les filles se racontaient des histoires sur les garçons.
Les garçons se racontaient des histoires de télé.
Les maîtresses se racontaient des histoires de catalogues.
Les maîtres se racontaient des histoires de foot.

Avec Naïk, on ne se racontait rien du tout.
Lui, il avait mis un pull superbe, sûrement à son grand-père.
En classe, ça n'était pas possible que je travaille.
J'avais trop de choses dans la tête.
La nuit dernière, j'avais rêvé à des histoires de vieux savants fous qui voulaient dominer le monde

en inventant des choses horribles : ils avaient créé des armées de rats géants qu'ils avaient mariés avec des hyènes et ça faisait des milliers de petits dragons féroces qui couraient après les gens et les dévoraient.

En plus, ce matin-là, on aurait dit que le maître, monsieur Glomo, faisait exprès de nous expliquer des choses difficiles.
Tout en me forçant à écouter ses histoires de divisions à plein de chiffres, je m'étais mis à dessiner le petit monstre.
D'habitude je suis drôlement fort en dessin. Mais là, je n'y arrivais pas bien : les yeux et les poils partout ça allait, mais la bouche, impossible ! J'étais obligé de gommer tout le temps.
Au bout d'un moment, mon voisin s'est mis à regarder en se penchant par-dessus mon épaule. Je ne l'aime pas celui-là... D'abord il s'appelle Bernard Vertuchon et il est gros avec des lunettes.
— Eh bien, Vertuchon ! s'est écrié le maître, qu'est-ce qui te fait loucher comme ça ? Ça doit être intéressant !

J'ai sursauté. Ça allait être ma fête.
— Michaël, apporte-moi ça tout de suite !

Mon sang s'est glacé dans tout mon corps. C'était sûr que la punition allait me tomber dessus. En plus il fallait que je traverse toute la classe pour arriver au bureau parce que ce jour-là j'étais placé au fond.

— Oh ! oh ! très intéressant, a dit monsieur Glomo, l'ait triomphant (il retournait le dessin dans tous les sens), je ne savais pas que tu étais si doué pour le dessin. C'est le portrait de ta fiancée ?

Il a vraiment un humour nul, ce maître, j'ai pensé. Mais ça suffisait pour les autres de la classe,

trop heureux d'avoir un prétexte pour faire la foire.
Et il montrait mon dessin à tous ces abrutis du premier rang qui hurlaient de rire.
J'étais blême…

— Bien sûr, comme tu n'as rien écouté, tu viendras mercredi matin pour rattraper !

Zut ! Mercredi, c'était demain. Et c'est un jour terrible le mercredi, pour les aventuriers comme Naïk et moi. Une moitié de mercredi en moins…

Pendant ce temps-là, Naïk avait commencé à se bagarrer carrément avec ceux de devant en leur disant qu'ils étaient trop nuls pour comprendre.

— Qu'est-ce que c'est que ce chahut, Naïk ? Retourne à ta place. Tu seras collé demain aussi !

J'étais sûr qu'il avait fait ça pour être puni avec moi. Je l'aime bien, Naïk. Des fois, j'aimerais bien qu'il soit mon frère.

Mercredi matin, il faisait beau.

Le ciel était tout transparent. Bleu aussi. J'étais content. Pourtant j'allais rater le tennis et moi je suis fou de tennis. J'ai une raquette superprofessionnelle en fibres de carbone et graphite.
Je ne sais pas très bien ce que c'est le graphite, mais en tous cas c'est la même raquette que Andre Agassi. Au début, mon papa voulait m'en acheter une en bois avec un petit tamis... N'importe quoi. Une raquette de vieux.
Un jour, je vous raconterai l'histoire de ma raquette de tennis.

J'étais content parce que, après la punition, avec Naïk, on retournerait visiter la maison au truc. C'est pas très long une heure de colle. Surtout que

moi j'avais juste un exercice de maths à faire. Alors après j'ai aidé Naïk. Ce jour-là il avait un pull fantastique : un surplus de l'armée anglaise, kaki avec les épaules renforcées.
Un peu grand peut-être.

Tout de suite après, on est sortis, et sans rien dire on a pris le chemin de l'autre soir. Là-haut, on a rangé nos vélos dans le parc, derrière la petite porte en bois.

Tous les deux on a eu la même idée : retourner voir l'endroit où était tombé le bocal.

5

ENTRE LES GRAVIERS, il y avait les éclats de verre, la poussière, les toiles d'araignée. Mais le monstre avait disparu. On a cherché dans les herbes autour, avec des bâtons pour qu'il ne nous morde pas, si jamais il avait été là.

— C'est idiot, dit Naïk. Il devait être mort. Il avait l'air tout vieux. C'est un chat qui l'aura emporté.

Peut-être. Dommage.

C'était peut-être un petit monstre raté que le savant fou de la maison avait jeté il y a longtemps. J'étais sûr de ça : c'était la maison abandonnée d'un vieux savant qui élevait des bêtes bizarres. Peut-être même qu'il les fabriquait, avec la machine. Et puis un jour lui il est mort. Et la maison est restée comme ça, sans personne.

Naïk, lui, il disait que c'était peut-être un petit extraterrestre qui était tombé dans le bocal sans le faire exprès, et qu'il était resté prisonnier dedans.

Dans la maison, tout était comme la première fois. Le soleil entrait par le trou du mur et éclairait la machine compliquée. Naïk regardait les instruments qui étaient sur la grande table qui faisait le tour de la pièce. Il y avait des éprouvettes, des récipients en verre, mais aussi des espèces de boîtes couvertes de poussière.

Et par terre il y avait un petit balai. Naïk a commencé à retirer la poussière sur une des boîtes.
En fait c'était une cage.
On l'a sortie pour mieux voir.
Dedans, il y avait quatre petites boules racornies, toutes sèches avec plantées dedans deux espèces de billes jaunes. Comme les yeux de l'autre petit monstre.

Pas de doute, c'était pareil que l'autre soir.

Alors, ça voulait dire que chaque boîte sur la table était une cage pour de drôles de petites bêtes inconnues qu'on avait élevées il y a longtemps et qu'on avait abandonnées un jour ?
Et la machine, c'était vraiment une machine inventée pour les fabriquer ?

Bon, bien sûr, je sais bien que les petits animaux ça ne se fabrique pas comme des boîtes de conserves, avec une machine. Je sais bien qu'il faut que leurs parents fassent l'amour avant. Mais peut-être qu'on peut aussi faire autrement, je ne sais pas moi, avec des produits chimiques, des fours à micro-ondes, des rayons lasers… peut-être qu'il y a des savants qui ont trouvé comment…

Mais là, si un jour quelques monstres s'étaient échappés sans qu'on le sache. Peut-être qu'ils vivaient depuis des années dans le parc du petit château, peut-être aussi qu'ils étaient très dangereux ? Peut-être même qu'ils nous guettaient dehors ?…

J'ai dit tout ça à Naïk.

D'abord il a rigolé. Mais ensuite il a quand même regardé autour de nous, dans les grandes herbes, derrière les arbres du petit bois, là où c'était tout noir malgré le soleil.
— Tu vas quand même rester ici pour faire le guet. Moi, je vais inspecter la machine, me dit-il.

Alors je me suis assis contre le mur, juste à côté du trou.

Il est courageux mon copain. Rester comme ça tout seul dans cette espèce de cave bizarre.
Moi, je n'aime pas tellement rester dans le noir, tout seul.

Ce n'est pas parce que j'ai peur, seulement j'aime bien savoir ce qui se passe autour de moi.
Mais qu'est-ce qu'il fabriquait là-dedans ? J'en avais assez de rester là comme un imbécile.

À ce moment-là, j'ai entendu un grand bruit à l'intérieur, comme une pendule qui marcherait à toute allure, avec des bruits de ressorts qui se dévident.
— Micka ! viens vite, viens voir, ça marche !

En deux secondes j'étais à l'intérieur.

Naïk avait tout bien balayé, il avait nettoyé la machine et débarrassé la pièce autour.
— Regarde, j'ai tout rangé. Là il y a un levier avec écrit *on-off*.
— Ça veut dire quoi *on-off* ?
— C'est de l'anglais. Ça signifie « marche-arrêt ».
— Et tu l'as mis sur *on* ?
— Oui. Il y a des trucs qui bougent dedans, écoute.
En collant l'oreille aux tuyaux, on entendait un petit bruit régulier, un peu comme une horloge ou

comme une moteur à ressort qui tournerait dans le vide.

— Et ça, à quoi ça sert, à ton avis ?

Il y avait un gros bouton rouge, à côté d'un cadran. Sur le cadran, il y était écrit : « taille 1, 2, 3, 4, 5 ».
— Ça devait être pour avoir des bestioles petites, moyennes, grandes, très grandes, ou géantes, dit Naïk.
— Alors mets sur « 1 » pour voir.
Naïk tourna le bouton et l'aiguille indiqua « 1 ».

À ce moment, quelque chose s'est déclenché. Deux petites roues se sont mises à tourner, lentement d'abord, puis de plus en plus vite. De l'autre côté un tapis roulant s'est mis en marche et tout au bout, sous l'espèce d'entonnoir, une petite boîte est tombée dessus. C'était une espèce de bocal à confitures.

On l'a suivie tout au long. Elle est passée sous un gros tuyau en cuivre, et là elle s'est arrêtée. Alors un gros « truc » mou s'est mis à dégringoler en gigotant dans le gros tuyau et a atterri juste dans la petite boîte en verre.

On s'est approchés doucement.

Dans la boîte, il y avait une chose molle et grise, avec un peu de rose sur le ventre, deux grandes pattes et surtout une espèce de peau gluante et toujours les deux yeux ronds et jaunes qui avaient l'air de sortir de la tête.

D'abord on a reculé. Et puis Naïk a crié :
— Vite, vite attrape-le ! !
Il était marrant lui, « attrape-le », et comment ?
— Mais regarde ! il ne bouge même plus.
— Le couvercle, là, vite !
Naïk ramassa une espèce de couvercle de pot à confitures en verre qui traînait et aussitôt il l'abattit sur la boîte.
— Ça y est, on l'a eu !

On n'en pouvait plus tellement on était fiers.
— Fais voir.
— Non, dit Naïk. D'abord il faut le cacher, parce que la lumière pourrait le tuer.
Et il le fourra sous son pull. C'est pratique un pull un peu grand, finalement.

6

On est sortis tous les deux dans le parc, ou plutôt tous les trois si on compte la chose que nous avions attrapée.
Une fois dehors on s'est mis à courir comme des fous jusqu'au petit bois. Là, on a fait le point.

Naïk a sorti le bocal et, tout doucement, il l'a posé par terre. Et puis on s'est mis à plat ventre pour mieux voir, en le protégeant bien du soleil avec nos mains.

Le machin, dedans, bougeait un peu ses pattes de temps en temps.

On aurait dit qu'il dormait. Elles étaient crochues,

ses pattes, avec des petites écailles dessus. Sa peau grise se gonflait et se dégonflait, et dessus on voyait son cœur battre : il respirait.

— On va le garder, hein, Naïk ?

— Bien sûr. Il faut l'élever pour voir à quoi il ressemble quand il sera adulte. C'est pour la science qu'il faut faire ça.

Il fallait qu'il soit drôlement excité, Naïk, pour parler autant.

— Mais c'est aussi pour nous qu'on l'élèvera. Peut-être que quand il sera grand ce sera un très gentil monstre. Peut-être qu'il grandira beaucoup et qu'il sera très fort. Comme ça, il nous protégera et tout le monde aura peur de nous. On pourra faire tout ce qu'on voudra. Même passer devant tout le monde au cinéma.

— Peut-être, dit Naïk. Mais peut-être aussi qu'il mourra demain si on ne trouve pas ce qu'il mange…

On est repartis un peu inquiets.

Naïk a gardé le petit monstre pour l'élever chez lui.

C'est vrai que chez moi ça aurait été difficile.
Parce que mes parents ils sont gentils, mais ils sont sévères aussi. En fait le problème c'est qu'ils sont plus grands que moi. Enfin, plus vieux, je veux dire.
Ça serait bien si les parents avaient le même âge que les enfants. Je suis sûr qu'il y aurait moins de problèmes. Par exemple, on regarderait les mêmes films à la télé, on mangerait pareil, on jouerait aux mêmes jeux. Tous ces trucs-là.

Enfin, chez moi ça ne marche pas du tout comme ça.
Chez Naïk, c'est plus « cool ». Plus tranquille, quoi.

Il a installé Ugly dans un vieil aquarium où il a mis de l'herbe à la place de l'eau. « Ugly » c'est pas mal comme nom pour un monstre, parce qu'en anglais ça veut dire « affreux ».

Pour le nourrir, il lui mettait des tas de trucs comme du fromage, des carottes, des petits morceaux de bifteck haché.
Mais ça ne donnait rien. Alors il a demandé à son papa.

Il est très fort son père à Naïk. Il connaît des tas de trucs qu'il a appris dans ses voyages, chez les Indiens d'Amérique du Sud, dans la jungle, en Afrique. Parce que c'est son métier.
Ethnologue ça s'appelle, je crois. Plus tard, j'aimerais bien voyager comme lui.
Il lui a dit que comme Ugly était encore bébé, il fallait lui donner des bouillies. Mais le mieux c'était de mâcher avant lui tout ce qu'on voulait lui donner. Bon, c'était un peu dégoûtant à faire, sur-

tout pour les chenilles et les vers de terre, mais n'empêche que ça a réussi : il ingurgitait des quantités invraisemblables.

Au bout de quelques jours, Ugly s'est mis à grossir vraiment.

Mais à ce moment-là, Naïk est devenu bizarre. Il ne voulait plus que je vienne le voir. Il disait qu'il fallait le laisser tranquille, qu'autrement il finirait par mourir.

J'étais sûr que c'étaient des prétextes.

Un jour, il est arrivé à l'école de très mauvaise humeur.
Il ne disait rien à personne. Même à moi, il n'avait pas dit bonjour. C'était dur. Quand je voulais lui parler, il ne me regardait pas et il s'en allait.

À la fin de la journée j'en avais assez et je suis reparti tout seul.

7

En marchant je réfléchissais : pourquoi il est comme ça, Naïk ?
Pourquoi il est en colère ?

D'abord, il est toujours triste, même quand tout va bien, même quand il a des bonnes notes, même quand ses parents sont en voyage et qu'il peut faire tout ce qu'il veut chez lui.
Peut-être qu'il n'aime pas qu'ils partent, peut-être qu'il aimerait bien qu'ils s'occupent plus de lui.
Je ne sais pas. On dirait que les parents c'est jamais comme on voudrait.

Et aujourd'hui ?

Il est sûrement arrivé quelque chose à Ugly. Peut-être qu'il est malade ou même qu'il est mort. Et s'il avait vraiment du chagrin, Naïk, c'était idiot qu'on se fasse la gueule comme ça.

Alors je l'ai attendu, j'ai fait celui qui ne faisait pas attention. Il s'est arrêté, puis il s'est assis à côté de moi.

J'ai attendu longtemps qu'il parle. Alors il a parlé. Je l'ai regardé, Naïk, il avait des larmes à ras bord, mais elles ne coulaient pas. Juste sa voix qui tremblait un peu.

— Michaël, ce monstre ce n'est pas un vrai monstre. C'est… juste un oiseau ! Si tu veux, je te le donne.

Il s'est levé, et il est parti sans me regarder. Alors là, des fois je ne le comprends pas Naïk.

D'abord ce n'est pas parce que ce serait un oiseau que ce ne serait pas aussi un monstre. J'en ai vu, dans des livres que mon tonton m'a donnés, qui

avaient des dents et qui mesuraient quinze mètres d'envergure. L'envergure chez les oiseaux ça veut dire la largeur. Pour les avions aussi, d'ailleurs.

Et puis même si ce n'est pas un monstre, eh bien, ce n'est pas une raison pour l'abandonner !

À partir de ce jour-là, Ugly est venu habiter chez nous. En fait, ils ne sont pas si vieux que ça mes parents. Ils m'ont dit :
— D'accord, tu le gardes ton pigeon, mais c'est toi qui t'en occupes, nous, on ne veut pas en entendre parler.
Parce qu'il faut que je vous dise : Ugly c'est un petit pigeon.

Ses parents avaient dû faire leur nid dans la machine du savant fou, et quand elle s'est mise en route, il est tombé dans un tuyau. Avec la graisse collée sur lui, la poussière, les toiles d'araignée, il ressemblait à tout sauf à un pigeon.

Moi, je m'en fiche, je l'aime bien. Je lui ai fait un déguisement de cosmonaute, pour rigoler. Quelquefois je l'habille comme ça, il se perche sur mon épaule ou sur ma tête et je l'amène à l'école. Je préfère ne pas vous raconter la crise de folie dans la cour de récréation ces jours-là.

Maintenant, Naïk n'est plus fâché. On dirait même qu'il parle un peu plus qu'avant.

En ce moment, il a des chaussures terribles : des rangers fabriquées exprès en Irak pour les enfants qu'on entraîne pour la guerre. Mais moi je n'aime pas quand il les met.
Parce que la guerre et les enfants, ça ne va pas ensemble, je trouve. D'ailleurs, la guerre ça va avec rien du tout.

Un jour, je vous raconterai… dites, c'est vrai que je suis bavard ?

François Guiguet est architecte de formation et de métier, mais il a aussi suivi des études de psychologie. Spécialisé dans la mise en œuvre de grands projets culturels (Cité des sciences de la Villette, Palais de la découverte...), il a ainsi conçu le musée de la Maison des enfants d'Izieu, près de Lyon, mémorial dédié aux quarante-quatre enfants juifs déportés par Klaus Barbie en 1944. Attentif au monde de l'enfance donc, François Guiguet a tout naturellement choisi ce public pour son entrée dans le monde de l'écriture ; *Le Truc de Naïk* est son premier roman. François Guiguet vit à Paris, il est père de trois enfants.

Serge Bloch est né en 1956 à Strasbourg et fut un des premiers élèves de Claude Lapointe à l'École des arts décoratifs, à Strasbourg toujours. Concepteur visuel pour la revue *Astrapi* et illustrateur d'innombrables livres pour enfants, Serge Bloch a notamment signé chez Casterman les albums de la série « Vive la grande école ! » de Claude Gutman (coll. « Je commence à lire »).

Table des chapitres

ROMANS
casterman

autres titres parus

HUIT & PLUS
(à lire à partir de huit ans)

Petit Nuage
de Michel Piquemal ▪ illustré par J.-M. Payet ▪ aventures

L'école des sorciers
de Paul Thiès ▪ illustré par Véronique Deiss ▪ aventures

Fous de foot
de Fanny Joly ▪ illustré par Christophe Besse ▪ humour

Bon voyage, Flocki !
d'Achim Bröger ▪ illustré par Gisela Kalow ▪ humour

Le secret de monsieur Verlan
de Stéphane Daniel ▪ illustré par J.-M. Renard ▪ humour

DIX & PLUS

(à lire à partir de dix ans)

Enlevée par les Indiens
de Mary Jemison ▪ illustré par J.-M. Payet ▪ aventures

Le cri du kookabura
de Jean Ollivier ▪ illustré par C. Blain ▪ aventures

Mon prof est un espion
de Robert Boudet ▪ illustré par Serge Bloch ▪ mystère

Quercy rap
de Stéphane Daniel ▪ illustré par C. Rouil ▪ mystère

Rock parking
d'Y. Pinguilly ▪ illustré par N. Van der Straeten ▪ mystère

Une soirée d'enfer
de Claude Carré ▪ illustré par D. Boll ▪ humour

Imprimé en Belgique par Casterman s.a., Tournai.
Dépôt légal : mars 1995 ; D. 1995/0053/49
Déposé au ministère de la Justice, Paris
(loi n° 49.956 sur les publications destinées à la jeunesse).